家族旅行あっちこっち

銀色夏生

幻冬舎文庫

家族旅行

あっち
こっち

1 ケアンズ.
2005年冬

2 宮崎.都井岬
2006年夏

3. 韓国.
2006年夏

4. 金沢. 2007年夏

「オーストラリア、ケアンズへ行く」　２００５年12月25日〜２００６年1月1日

年末年始、ケアンズへ家族5人（母しげちゃん、兄せっせ、私の子どものカンチとさく）で行った。部屋でゆっくりすごせるように、3ベッドルームのコンドミニアムを予約した。

鹿児島空港から飛行機に乗って、まず福岡へ。それから午後8時のケアンズへの直行便に乗る。翌朝午前4時25分、ケアンズ到着。ねむい。外に出ると、熱帯地方特有のもわっとした暑さと湿度。タクシーに乗り込む。

コンドミニアムは、3ベッドルームとリビングがあり、私とさくが大きなベッドの部屋。カンチがひとり部屋。しげちゃんとせっせが、ツインの部屋。

昼間は暑いので、だれも外へ出たがらず、連日私は読書。他の4人は、トランプを楽しそうにやっている。

毎日毎日、スーパーマーケット以外はどこへも行かず、部屋に閉じこもってばかりいるので、せめて一日だけでも観光しようよと言って、ツアー会社に申し込み、半日

の「土ぼたると夜行性動物探検ツアー」に行くことにした。

午後2時、バスがピックアップにきてくれた。参加者は30名ほどでしょうか。よくわからないけど、ガイドさんがおもしろい話をしているようだ。クイズに答えると、賞品が出る。せっせが答えて、キーホルダーをもらっていた。すごくうれしそうだ。

まず最初は巨大アリ塚の見学。みんなでぞろぞろ降りて、道のすぐわきにあったこのツアー会社の持ち物である（札がかけてあった）アリ塚を見学。2〜3メートルはありそうな茶色の山がぼこぼこ。もうこの時点で、カンチはブーブーとけだるそう。団体行動がいやなようで、帰りたいと言っている。私もちょっとそう思った。ガイドさんが長い棒をアリ塚にさして、出てきたアリを見せている。それは緑色のアリで、食べられますよと言う。「パセリの味です」と言われ、その辺にいる人たちに食べさせている。私もぜひ食べてみたい。近寄って、1匹もらい、食べたら本当にそういう味がした。さくも食べた。カンチも誘ったけど、嫌がって食べなかった、が、あとで食べたそうにしていた。本当は気になっていたのだろう。

それから、マリーバというところに行って、野生カンガルーの群れを見る。遠くに小さく見える。が、人工的な公園なので、感慨は特にない。

アリ
パセリの味
アリ塚
かえりたい

その後、グラネット渓谷というところで、ロックワラビーにえさをやる。小さなカンガルーみたいな形。大きな岩があるところで、餌付《えづ》けされていて、たくさんいた。しっぽをさわったら、ずっしりとしていて、あたたかかった。それがやけにリアルだった。うさぎの糞《ふん》みたいな丸い糞がたくさん落ちていた。ジュースとケーキのおやつを食べてから、湿地で野鳥観察。が、これといってなにも見えなかった。

ビッグピーナッツという大きなピーナッツの看板のある八百屋に行って休憩。フルーツの試食をして、いくつか買う。それから、近くの森を通って、バスの中からコウモリを見る。大きかった。フルーツバットというらしい。

それから、カーテンフィグツリーというガジュマルみたいに根っこがたれさがっている木を見に行く。そこで、カンチたちは、買ったばかりのたまごっちを木道から落としてしまい、せっせに拾い上げてもらったが、壊れて、しゅんとしている……。

それから、川沿いでカモノハシを探す。あちこち目をこらしたが、見つからなかった。しばらく時間をすごしてからテントで夕食のバーベキュー。係りの人が肉をがし焼いてくれた。周りに日本人観光客がいたので、なんとなく気を遣いながら食べる。ポッサムなどの夜行性動物も出てきた。餌付けされているようだ。

夕食後、懐中電灯を持って、夜の熱帯雨林の散策。これといって何もなし。
約1時間のバス移動。休憩後、土ぼたる観賞へ。まず、星空を観測してから、歩いて川沿いを進む。みなさん静かにしてくださいと言われ、黙る。そして、周りを見ないように、下だけを見て進んでくださいといわれ、そうやって進み、「はい、ストップ、電灯を消して振り返ってください！　でも、大きな声を出さないで」
わあ！
土ぼたるが青く光っている。その、静かにしてください、見ても、わあっ！　と言わないようにという注意がおかしくて、私は笑った。川の向こうの山肌だか森だかに、青白く光る土ぼたるの光がぼわ〜っ。ふむふむ、という感じ。
で、ホテルに帰り着いたのが、夜の10時半。なかなか、おもしろいといえば、おもしろく、疲れたといえば、確かに疲れた。
やはり私たちは団体行動には向かないとわかり、よし、今度は、ツアーじゃなく、自分たちで自由に観光をしようと、キュランダという町まで、スカイレイルというロープウェイに乗る。それがまた、熱帯雨林の上空高く、時間も数十分かかるという代《しろ》

土ぼたる

物《もの》。そして、しげちゃんは、かなりの高所恐怖症。まさかこんなものに乗るとは知らなかったと、乗ってから、恐ろしさにぶるぶるぶるぶる震えている。悪いことをした。てすりをぎゅうっとつかんでいた。

キュランダでは町を歩いて、なにということもなく、カフェで休憩して引き返す。この町は前にも来たことがある。観光客がそぞろ歩いている。帰りに、見るとしあわせになるとかなんとかいう、青い蝶を見た。けっこう大きいと思った。2〜3センチのイメージだったが、10センチぐらいはあった。

また、しげちゃんにとっては恐怖のロープウェイに乗って下山。

食べ物では、レストランへ何軒か行った。口コミの評判を聞いて、チェックした店へ。でもそれが、どれもこれも、たいした味ではなかった。あまりにも褒めてあったので期待しすぎたのかもしれない。中華もイタリアンもホテルのブッフェも。

一ヶ所行くたびに、スッと冷静になれた。

それから、野菜や果物の市場にも行った。果物をまた試食。そこに手作りのせっけんが売られていて、その匂いが、以前に私が作ったせっけんと同じ匂いだったので、これは自然のものをちゃんと使ってると思い、いくつか買った。チョコのや、オーストラリアの植物のなど。

プールで泳いだのはたったの一回。プールに行くまでが面倒で。また、他の人がいるとカンチが行きたがらないので。行く時に大きなカブトムシを見つけた。テラテラと光り、シューシューと音がして怖いほどだった。

夕方の散歩はコンドミニアムの前の海沿いをどこまでも歩く。マングローブが葉をぽこぽこと出していた。夕方になると涼しくなる。

おみやげは、お菓子のティムタム。何種類も買って味見をしたが、かなり甘い。

ショッピングセンターの、ミキサーで作ってくれる生ジュースがおいしかった。

私以外のみんなは部屋でずっとトランプをしていたというのが、一番の印象。あと、しげちゃんがベランダのテーブルに毎日、朝早くからすわって本を読みながら、ぼんやり景色を見ていたこと。すがすがしかったそうだ。

とにかく行動的ではなく、のんびりした旅行だった。スーパーで買ってきてよく食べたのが冷凍のミートパイ。たくさんの種類があった。

木に咲いてる花とか遠くの海を見た。吹いてくる風が気持ちよかった。

コンドミニアムのテラスでぼんやりするさく
朝晩は涼しくて気持ちいい
向こうに見えるのは海沿いにずっと続く細長い公園で
その向こうは海　空が青く　雲もない

毎日飽きもせずに朝から夜まで
4人がいつもトランプをしていたリビングルーム
この部屋の壁の色が好きだった

私とさくの寝室　私はほとんどいつもここでひとり読書
テラスのテーブルでは　早起きのしげちゃんが
気持ちよさそうに朝ごはんを食べて　そのあと読書
この茜色のスタンドの光に心安らいだ

レンタカーを借りたので買い物にはよく行った
朝食用ミートパイやワッフル　マカダミアナッツ　チョコレート
ジュース　ミルク　パン　果物　カップヌードル　アイスクリーム
買い物に行くにも食事に出るにも全員を動かすには時間がかかる
動くのが嫌いなカンチが重りのようになっていて　行動はにぶい

プップクプー　さくのリラックスタイム
のんびり気分でふっかふか
足をくるっと折り曲げて　ゆらりゆらり

でっかいカブト虫が部屋の外にいた
てらてら光っている　ちょっと怖いさく

カンチの部屋
やけにかわいらしい

テラスの一角　どの緑もいきいきしている
ケアンズは熱帯雨林気候で12月は雨期　とはいえ毎日天気はよく
湿度は高く　陽射しは強い
オーストラリアってなにもかもラフ
気楽でおおざっぱなところがいい

トランプ　トランプ　トランプ
意気揚々と　カードを出しにいくところ

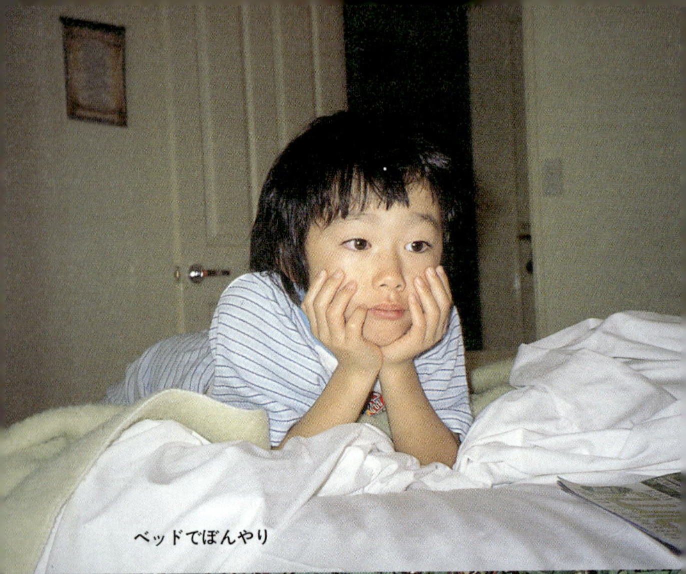
ベッドでぼんやり

公園の赤い花　緑の芝生にあざやかだった

後ろの建物が借りていたコンドミニアム　ここの１階の右端

海沿いを散歩　夕方は気持ちいい　どこまでも歩ける

ケアンズの入り江　マングローブの若い枝がてんてんと頭を出している

お菓子のティムタム数種類とフレーバーティーを味見
ティムタムは甘い　お土産に買ったのはフルーツのジャム入り
甘いだけに１個をゆっくりと齧りながら食べると　ちょうどいい
フレーバーティーはそれほどでもなかった
私は数種類あると　どうしても味を見比べたいと思ってしまう

ツアーで野生のカンガルーを見る　ああ　あれか……という静かな感想

グラネット渓谷には巨大な岩がごろごろしていた
こんなところだったら一日中遊べそう
岩に登って　おりて　登って
遠くに広がる景色も雄大

ふらふらとどこへ行くのか
誘われるように渓谷の奥へと進む子ども（さく）

こういう景色は私のすごく好きな感じ　木と大きな岩

この奥の丘みたいなのも岩　いいなあと思ったけど
近づいたら……

ロックワラビーのフンがいっぱい
エサをあげているところ
かわいいおててと落ち着いた瞳
しっぽを持ち上げたら　ずっしりと重くあたたかかった
私はそれがいちばん生々しく記憶に残った

背中の毛を何しているのだろう
皮を寄せているのかな

うれしそうなしげちゃん＆そんなしげちゃんの写真を撮るせっせ
しげちゃんは　この２ヶ月後に脳梗塞！　今もケアンズは楽しかったと言う

「ビッグピーナッツ」という果物などを売ってる小さなマーケット
大きなピーナッツの看板が目印　まわりには特になにもない　観光用か
にこやかなふたり

向こうに見えるのがカーテンフィグツリーという木のすごい根っこ
福岡空港の売店で買った「たまごっち」を木道から落として呆然とするふたり
木に見入るせっせ

キャンプサイトへ行く途中　うっそうとした木々と濡れたような葉

キャンプサイトの川でカモノハシをさがす
ずっと見ていたが見つけられなかった

テント下のテーブル　薄暗い中にコップの白が浮かんで見えた

干草をつんだトラック　夕陽がもうすこしで沈む時間

カモノハシが出てこなかった川面　静かで鏡のようだった
じっとじっといつまでも待っていたけど　あきらめてみんなぞろぞろと移動

ザ・バーベキュー
オージーたちが焼いてます

夜行性のポッサム登場
丸顔のおじさんがエサをあげるとこ

出来上がるのをじっと待つ
腹ペコのカンチ

ケアンズから20キロほど離れた山の上にあるキュランダ
マーケットが開かれ　手作り工芸品が並ぶ観光の町
標高が高いため涼しい

カフェの前で写真を撮り合う

また青い空　白い雲
実はここで水陸両用車に乗って45分もジャングルを走りまわる
レインフォレステーションというテーマ・パークに行きたかった
のだけど、時間がなくて断念　水の中を走りたかった

↑ぼんやり撮れた
見つけるとしあわせになる
という青い蝶

このカフェ　数年前にも来ました
「ケアンズ旅行記」の中の動物などの壁画のあるカフェ
とても好きな絵でした

ONE
WAY

スカイレイルの駅まで歩く　道路も歩道も整備されていてきれい
さっきの青い蝶はこの道で見かけた

スカイレイルから見下ろした池の水草

長ーいスカイレイル
数十分も乗ってます

ショッピングセンターのジューススタンド
フレッシュ＆ヘルシーでした
注文する時ちょっと緊張
ミキサーでガー、ゴー、ガーして
泡がモクーッ

フルーツマーケットの手作り石けん
オーストラリアの木の実やハーブ入り　いい匂い
カンチが手に持っているのはココナッツ

フルーツの試食

せっせとしげちゃんのツインの部屋
窓の外は道路だけど　交通量は少なかった　静か

「宮崎の都井岬観光」　２００６年７月下旬

夏のある暑い日、都井岬《といのみさき》の沖で、飛び魚釣りができると聞いて、泊まりがけで行ってみた。夜、舟に乗って、飛んでいる飛び魚を網ですくうらしい。

観光しながら行こうと、宮崎の海岸沿いを南に進む。まず、青島。海沿いの小島で、橋がかかっている。神社あり。その島の砂は、全部貝殻のかけらだ。

そして、周りをかこむ、「鬼の洗濯板」という洗濯板みたいな岩。いかにも南国風の貝や蘇鉄《そてつ》の実のお土産屋がならぶ細い道を通って海へ出る。洗濯岩で子どもたちが遊ぶ。カニを追いかけたり、なまこを見たり。

私は、長い時間をかけて波と砂に侵食された石の小穴をじっと見る。この穴にビー玉なんかを入れたらかわいいだろうと。よく、こんなにまるくて小さい穴があくものだなあと、感心する。

帰りに冷やしパイナップル１００円を食べる。名物「青島ういろう」を食べたいというので、一個買う。３５０円。

次に、堀切峠。展望台のビュースポットから写真を撮る。

それから、けっこう好きなサボテンハーブ園に行こうとしたら、……閉園していた。がっくり。サボテンが山一面にあって、よかったのに……。

で、モアイ像のレプリカがあるというサンメッセ日南へ。ここって、広いところに、モアイ像しかない……という印象がある。あとは、レストランと、遊具、動物が少々。カートを借りる。いちばん上のレストランで降りて、昼ごはんを食べようとしたら、時間がかかると言われる。じゃあ、時間がかかってもいいですからと、注文してから下の方をぐるりとまわる。モアイ像を見て、動物のところを通って、ずいぶんのんびりとして帰ってきたら、もうテーブルに運ばれていた。隣のおばちゃんが「もう来てるよ～」なんて教えてくれて、気さく。スパゲティやお子様ランチなど。

食べてからゲートまで下りる途中、ひとっこひとりいない、遊具の置かれた遊び場があった。さくが、「ちょっとここで遊びたいなあ……」と言ったら、すかさずカンチが、「だめ！　こんなところで遊んだらむなしくなるよ！」と言う。それで、あきらめていた。そこは早々に通過して、次は鵜戸《うど》神宮へ。

Date　日 / /　No.

日曜日ににちなんに行きました。そして車をはしらせていくと青島でおにのせんたくいわであそびました。かにやバッタがいました。　さく

岬の突端にあって、天然の洞窟の中に本殿がある。駐車場に車を停めて、苔むした石の階段を息を切らせて登っていく。入り口まで着いたら、すぐ近くに別の駐車場があった。ここまで車で来られたらしい。ちょっと憮然《ぶぜん》とする。帰りも歩くのか……。

気を取り直して、先へ進む。海岸沿いの岩肌にあって、削られた岩がぬめぬめとした模様を浮かべていた。おちち湯という飲み物があったので、飲む。それは、おちちのような形をした洞窟のおちち岩からしたたりおちる水で作ったという、うす甘いしょうが水だった。

ついに本殿へ。本殿から、波間にある亀の形をした岩の甲羅《こうら》のくぼみに投げて、入れば願い事がかなうという運玉を投げる。むずかしい。私とさくはぜんぜん入らず、なのにカンチは2個も入る。

おちち飴を買い、かき氷と日向夏《ひゅうがなつ》ジュースで、喉をうるおす。

それからは、ずっとドライブして、都井岬へ。そこへ行く途中のひとっこひとりいない山の中の道路にかかる3つの橋に、飛び魚と馬とさるの像があった。

野生の馬が生息する都井岬へは、馬が逃げないように作られたゲートを通っていく。

馬が、いたいた。

都井岬観光ホテルへチェックイン。なんかさびれている。なので、カップルでは来たくないが、家族だとめちゃ気楽。だーれも、なーんにも、気にならない。
ここから飛び魚釣りへ行くバスが夜出るはずなのだが、なんと、海の方は天候が悪く波が高いので、今日は欠航だそう。がっくり……。子どもたちも、がっくり。そのために来たのに。でも、気を取り直して、部屋でのんびりする。ケンカもしてる。売店でお土産を買う。さくは、馬の置物を買う。ひとつずつ形が違うのでどれにするか悩んで、やっと決めた。大浴場に入ったり、バイキングの夕食を食べたりして、10時半に寝る。

次の朝、野生馬の様子を見ようと早起きした。6時45分に起きて外を見たら、プールわきに馬を発見。さくと見る。車で見に行こうと、3人でドライブに出る。馬が、いるいる。道路にもいるし、斜面にもいる。朝陽をあびて、草を食《は》んでいる。ゆっくりまわって見る。きれいだった。
朝食後、部屋でごろごろ。早く行こうよと言っても、ふたりともゲームをしたりして、全然動こうとしない。

都井岬灯台に行って、海を眺める。今日も暑い。
帰りは来た時と別の、初めての道で帰ろうと、鹿児島の方向へ進んだ。
道に迷いながら進む。途中、お昼ごはんを食べようと寄った道の駅は混んでいた。入り口の貼り紙に、ランチ、しょうが焼き、と書いてあったようだったので、アルバイトらしい女の子に、「ランチはしょうが焼きですか?」と聞いたら、「わかりません」と、そっけなく言われる。
わかりません、だって。すみません、聞いてきます、でもなく。あっけにとられていたら、悪びれもせずに、ずっと黙ってるので、しょうがなく、「じゃあ、もしランチがしょうが焼きだったら、それをください」と言う。
しょうが焼きだった。早々にそこを出る。
でも相当混んでいた。繁盛している様子。
それからまた、運転して家に帰った。
飛び魚釣りはできなかったけど、ちょっと気持ちのいい都井岬だった。

街灯

宮崎市から青島へ行く道

なんとなく蚊みたい　顔にも見える

青島　鬼の洗濯板

水の中をのぞくと　侵食された丸い穴がたくさん

棒をひろった　つつきながら進む

潮だまりは飽きない　生き物をさがす

こんな三角の模様もあって　丸い穴も無数に

小さな石のかけらにも穴が開いてる

冷凍パイン売りのお店　ひとつを3人で分けて食べました

ソテツの実や松かさ、貝殻がしみじみと並んでいた

日南海岸　道の駅「フェニックス」　白い花はハマユウ

サンメッセ日南のモアイ像

さく

おねがい!!
モアイを傷つけないで!
世界でたったひとつの正式に
許可を得た復刻モアイです!
皆さんで大切に
守ってください!!

おねがい!!
モアイを傷つけないで!
世界でたったひとつの正式に
許可を得た復刻モアイです!
皆さんで大切に

イジンクス
恋愛運UP♪
金運UP♪

韓国ドラマ『ウエディング』の撮影で、
リュ・シウォン、イ・ヒョヌ、チャン・ナラさんが来られました。
リュ・シウォンのパネルの前で撮ってと言われ

食事　もうできていました

鵜戸神宮への苔むした石の階段　暗くちょっと怖い

橋の欄干と近くの植物の形がそっくりだった

海岸の断崖の穴の中に本堂がある

この岩の上の四角い穴へ投げ入れる

運と記された運玉　5個で100円

うごめいてるような岩々

2個入った！

洞窟みたいなここに本堂

冷たいおちち水を飲む

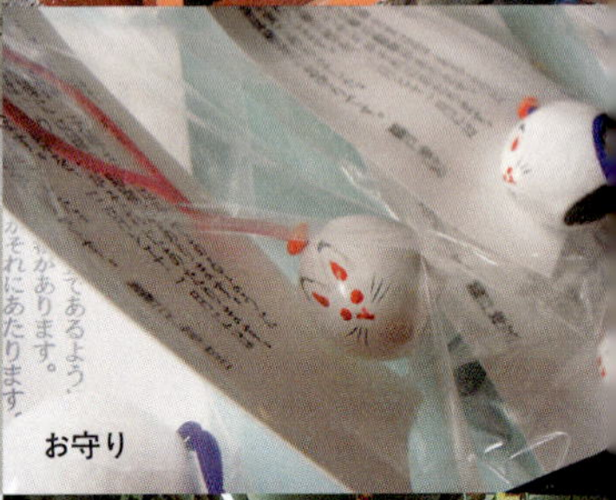
お守り

アイスを食べ食べ歩く

みやげもの屋に埴輪

イノシシがペットを襲うかもしれないから注意という立て看板

帰りはトンネル抜けたら駐車場　行きに知りたかった

飛び魚

橋に馬

さっそく部屋でごろごろ

さるの親子

都井岬観光ホテルのフロント

夕食

電話ボックスの上にも馬がちょこん

じっくり見る

これ……

これと……

プリン

どこにでもキューピー

バラ
キューピー
さつま揚げ
キューピー
¥ 420

もりもり

島限定
黒豚キューピー
¥ 420
鹿児島
限定
西郷どん
キューピー
鹿児島
限定
茶摘み
キューピー
鹿児島

バラはいいけど黒豚はどう？　西郷どんは？　さつま揚げは？

ケンカ

プールサイドに野生馬

またゲーム

ああーん

顔……

どれかおうかなあ…

おみやげの ボンタンアメと 馬

これにしようかな

ブルブルブルブル…　こわ…
FILA

FILA

早朝の馬たち　霧も出てます

子馬

↖くつを はいてる とに

朝食

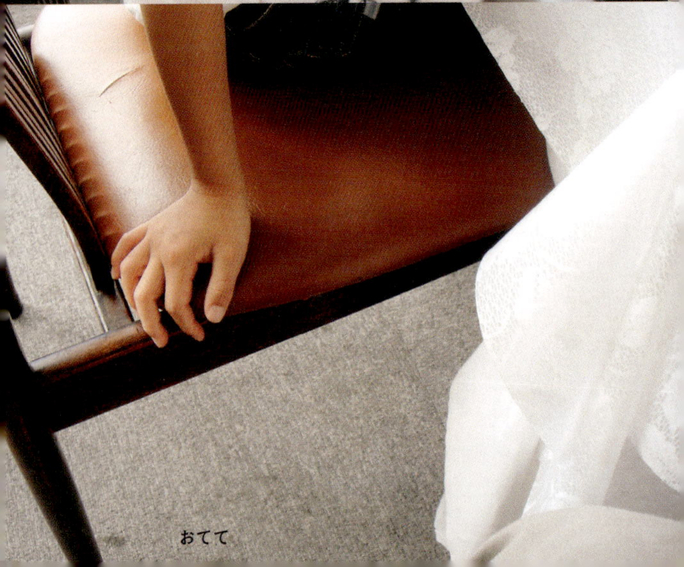

おてて

しみじみとしたコーヒーコーナー

オレンジの皮

人もいないし　ゆっくり食べてます

いこいの場

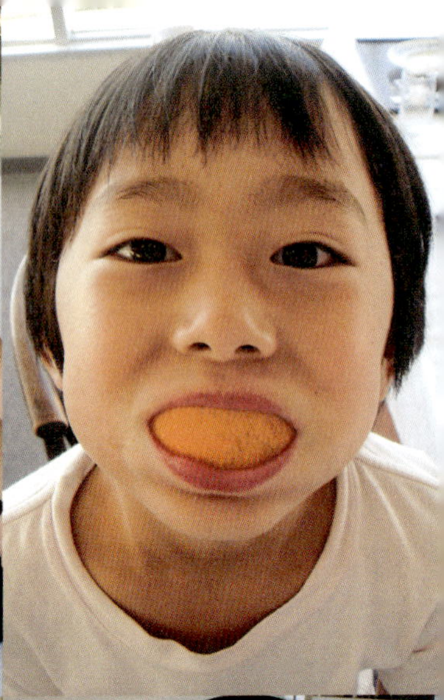

でさあ……

ROPICAL ISLAND
FILA

ホテルの窓から

都井岬灯台にて

姉と弟

灯台から坂を下る

カーカ「スチュワーデスさんのかみの毛、きれい。うんちみたい」

さくのメッセージ

きょうかん国に行きます。いまひこうきにのってるところです。いまさっき、ひこうきの中でごはんをべました。おいしかったです。サンドイッチとまきずしを食べました。サンドイッチはツナとチーズあじとハムあじがありました。ハムあじはかわったあじでした。

「韓国旅行」　２００６年８月16日〜20日

12時30分、鹿児島空港発。飛行時間は1時間15分。近いです。
航空券代は、ＪＡＬ悟空で、ひとり3万６０００円ぐらいだった。
スーツケース一個に、みんなの着替えを詰め込む。カンチのは、捨ててもいい服を何枚か持って行って、むこうで捨ててくることにしたけど、そんな旅って、おしゃれ度低し。
飛行機の中で、軽食が出た。サンドイッチとぶどうゼリーなど。山形産ぶどうゼリーが、すごくおいしかった。
「スチュワーデスさんの髪の毛、きれい。うんちみたい」とカンチが言うので、見ると、きっちりと結ってあって、ソフトクリームとかドーナツみたいに、つやつやした渦巻きになっていた。
仁川《インチョン》国際空港、1時45分着。広々とした空港で、スラスラと手続きが終わる。空港で両替して、タクシーでソウルのホテルへ向かう。

くもりだ。
1時間10分ぐらいかかった。飛行機に乗ってた時間と同じくらいかかって、ちょっとぐったり。今日の宿泊は、ロッテホテルワールド。ロッテワールドという遊園地に隣接している。子どものためと、ドラマ「天国の階段」のロケ地になっていたから。ネットで予約した。1泊、2万7700円。
そしたら、このホテルは今、ロビーやレストランが改装中で、お化け屋敷の迷路みたいに、板で囲まれた通路をくねくね通ってエレベーターへ。工事のものすごい音がする。レストランも一ヶ所しか開いてない。
部屋に入ると、まあ、落ち着く部屋だったけど、カンチのふとんの一部が湿っていた。換えてもらおうか？　と聞いたら、いいよと言うので、そのままにする。
おなかがすいたので、6時に、ひとつしかないレストランへと向かう。大人5800円、子ども2800円ぐらいのブッフェ。まだ人もあまりいなくて、ひととおり料理を見る。豪華っぽい。チョコレートが上から流れてきて、それに串にさしたバナナやメロンをからめて食べる機械もある。
わー、と思いながら、いろいろなものを皿にのせて食べた。

すると、味は、思いのほかまずい……。寿司なんか特に。見た目はどれもいいけど、おいしくなかった。カンチもそう言ってた。で、もうデザートにする。さっきのチョコがけや、韓国のお菓子を食べた。

その後、ロッテワールドへ行く。大きな室内遊園地と、外の遊園地がある。かなり古ぼけた、安っぽい印象。

乗るまでにやけに長く歩かされた新しいファラオのアトラクションと、気持ち悪くなったジェットコースターっぽい映画と、水の上を流れる乗り物に乗る。それでひざを打った。ガツッと。とたんに、ちょっと元気をなくす。

怖そうなコースターや落っこちるやつがたくさんあって、カンチが乗りたがったが、「怖いの、ぜったい乗らないからね、吐くもん」と言ったら、かなりがっかりしていた。

するとチュロスを見つけた。

「明日、5個買って」

「そんなに食べられるの？」

「何個だったらいい？」

ロッテワールド
星やうさぎの耳をつけてる人、多い

ひざを
ガツッ

「3個」
「じゃあ、2個食べて、3個部屋に持って帰る」
「うん」
「やった！」
部屋に帰って、シャワーをあびる。フロ嫌いのカンチは、入るのを嫌がってぐずぐずしている。しかも、パンツの着替えを忘れてきたと言う。
「入れたはずなのに。……いいや、もう着替えないわ」
「えっ？　ずっと？」
「うん」
「ダメ！　パンツと靴下、洗って。干すから」
カンチは、不潔恐怖症の反対だ。
今日は疲れてて、あんまり子どもにやさしくできなかったことを反省する。明日は努力して、やさしくしよう。チュロス、6個買ってあげようかな。
夜中、さくが寝ぼけて、ベッドの上で、両足をバタつかせて猛スピードで走っていた。

あわてて、取り押さえる。

8月17日（木）

朝、起きた。さくがおなかがすいたと言う。カンチは寝ている。
私はおなかがすいてないし、さくも少食なので、ベーカリーでパンでも買ってこようとロビーにおりたら、改装中のこのホテル、ベーカリーもやってなく、迷路を通って、ただ一ヶ所あいてる、きのうのレストランへ入る。モーニングブッフェしかなくて、しょうがなくそれにする。ふたりで６０００円弱。パン一個のつもりが、とんだ散財だ。しかも、ふたりともちょびっとしか食べないし。
むかむかしながら部屋に戻る。
午前中、またロッテワールドへ。チュロスは4本買ってあげた。
怖いのはさけて、2時間ほど遊んだ。屋外の遊園地には、足をぶらぶらさせて落下するような怖い乗り物が多かった。それからホテルをチェックアウトする。
今日の宿泊先は、内装が変わっているという、Ｗソウル・ウォーカーヒルというホテル。ツインの部屋で、１泊３万５０００円ぐらい。

ロビーの椅子も丸くて変わってる。座ろうと思っても、丸すぎて座れない椅子だ。
エレベーターの中も、真っ暗で上から電車のつり革みたいなのが下がってる。3台あって、それぞれに違う色に光っていた。緑や赤や黄色に。
部屋は、赤と白のかわいい部屋。備品もすべてが、赤と白。
カンチが、ふとんを触って、「濡れてないからよかった〜」と言ってる。
私「ここさあ、親戚や親子では絶対泊まりたくないね〜」
カンチ「うん」
それほど、かわいすぎる。
赤って色が興奮するんだか、カンチとさくがひとしきり暴れて、最後ケンカしてた。

午後2時。遅いお昼を食べに行く。ホテル内のレストラン。パスタと子ども用ピザを注文。また変わった内装だったので、料理がくるまで、オブジェやトイレで写真を撮る。
そのピザ、さくはおいしいおいしいと言う。パスタはカンチがおいしいおいしいと。
そのあとホテル内を見学して、建物自体がつながってる、隣の同じ系列のシェラトンホテルに行って、「ホテリアー」が撮影されたロビーなど見る。
夕方、昼寝。赤いベッドカバーがどうも落ち着かない。
目が覚めてから、またホテルを探検する。ロビーのトイレとか、おもしろい。リラックスさせない色だ。女性用が赤、男性用が青。
そのあと、夕食。ホテルのアジア料理みたいなレストランに行ったら、真っ暗で、高くて、食べたいものがなかったので、ちょっとだけたのんで食べて、また昼に行ったレストランに行って、またおんなじものをたのむ。それから部屋に帰って、ガラス張りのフロに入り（カーテンがあった）、くつろいで、寝る。カンチは3時まで眠れなかったそうだ。でも、ふとんの寝心地はいい。羽根ブトンが薄くふわりとのってて。

8月18日（金）

8時半起床。だらだらして、10時半、チェックアウト。ロビーでまた写真を撮る。ホント、変わった内装のホテルだった。
今日から2泊は、ソウルの繁華街ミョンドンにあるウェスティンに泊まる。ホテルチェーンでたまったポイントを使うので、タダ。ホテルへ向かうタクシーから周りを眺めながら行く。あの建物、顔に見えるね〜とか、あ、ソウル・タワーだ！　などと言いつつ。
カンチ「男で、かっこいい服の人、いないね」
私「そう？」
カンチ「きのう、テレビでひとりいたと思ったら、日本人だった」

荷物だけホテルに預けて、レトロな街というインサドンに行く。ここには昔ながらの情緒が漂う伝統茶屋や民芸酒屋があふれているそうだ。
路地裏を歩くが、暑くて眩《まぶ》しく、酒場街の昼間って、ゴミためみたいだと思いながら、ガイドブック片手にうろうろする。店内に小鳥を放し飼いにしているという茶屋を、やっとさがして入った。暗い。物置小屋のような風情。小鳥の姿は見えない。柚子茶などを注文する。お茶と一緒にお菓子も出てきた。お茶は甘かった。さくはくせがあると言って残したので、残すのは悪いからと、カンチが無理して最後にごくごく飲んでいた。それから、絶対食べようねと言っていたキムチチゲをガイドブックにのっていた居酒屋みたいな店で食べる。最初のひとくちは辛かったけど、だんだん慣れて、大丈夫だった。3人でひとつたのんだのだが、量はそれで十分だった。でも、さすがに辛かったのか、子どもたちは水を何杯も飲み、結局、水差し3杯分、飲み干した。

道の脇の土産物屋で風鈴を2個買った（家に帰って戸につけたら、みんなうるさいうるさいと言うので、すぐにはずした。なにしろ、キンキン耳に響いて）。

店をのぞきたかったけど、子どもたちが見たがらず、2時頃ホテルに帰って、チェックインする。落ち着く部屋だ。茶系で。しかもタダというのがうれしい。

昼寝をする。

カンチが、「この部屋、落ち着くね。寝やすくて、起きやすい。きのうのところは寝にくくて起きにくい、最初のところは、寝やすくて起きにくかった」

「そうだね。……きのうのところは、赤い色が興奮させるのか、ケンカばっかりしてたもんね。窓ガラスの面積が広くて、なんか落ち着かなかったし。開かないので息苦しいし、外から見えるのを防ぐためなのか知らないけど、ちいさな丸いてんてんがガラス一面にあって外が見にくかったし」

7時。夕食を食べに街へ出る。

ソウル一の繁華街、ミョンドン。確かに、ショッピングビルが立ち並び、人も多い。ガイドブックで見つけた店でプルコギを注文する。2人分頼んだが、量が少ないですよと言われて3人分にする。それでも少なかったので、もう1人分追加した。甘いすき焼きのような味で、これはみんな食べられた。でも、それほどうま〜いというほどではなかった。人もがやがやにぎやかすぎて、ちょっと落ち着かない。

帰りに、おしゃれな雑貨屋でレターセット、電気のシェードなどを買う。韓国語が新鮮。露店でヨン様とクォン・サンウの靴下を買った。安かった。KONSAMAと書いてある。ヨン様の間違いかと思ったら、クォン様のことだった。

「なんか、韓国料理は、もういいかなあ〜」と言ったら、カンチが、「うん。でも、一回ビビンバ、食べたいな」

「あ、だね。石焼ビビンバは食べようか、昼」

部屋でフロに入ったり、テレビをみたり。ニュースをみてると、世の中にはさまざまな人がいて、いろんな出来事が起こってるんだなと、しみじみ思う。みんな違うし。

8月19日（土）

9時にカンチがやっと起きたので、朝食へ。さくはおなかがすいてすいてたまらず、なのに、カンチはのろのろしていてムカつく。家族旅行って、みんなで一緒に行動しなきゃいけないから嫌だ。団体行動ができない人（カンチ）とは、一緒に旅行に行きたくない。

朝食は、これもガイドブックでみたおかゆ屋「味本」。日本人が多かった。あわびのおかゆを食べたけど、これもそうたいしてうまいとは……。

ロッテデパートに行って地下の食料品を見て、韓国のお菓子を買い、ホテルに帰って食べる。おいしかった。

部屋でだらだらすごしていたら、さくが、「ママはいつも、さくが撮った写真を消す」と言って、機嫌が悪い。デジカメのを、すぐ消去するので。だって、ぶれてたり近すぎたりするんだもん。

「え、そんなことないよ。じゃあ、撮っていいよ」と言って撮らせてあげた（そしてやはり、後で消した）。

昼過ぎから市場へ歩いて行ってみる。外国の殺伐とした路地裏を歩いていると、道が遠く感じる。

その大きな市場は、ゴミゴミしていて、人も多く、衣料品とか靴とかには興味ないし、暑いし、怖いものや、気持ち悪いものも見えてしまい、だれもよろこばないので、即、引き返す。

地下街でさくがキゥイジュースを飲んだら、それがすごくおいしくて、私とカンチもたのむ。ミキサーで作るフレッシュなジュース。

また部屋で休む。ふー。

カンチが、「日本って、いいなあ〜」なんて言ってる。

午後3時頃、おなかがすいたので、中途半端な時間だけど、石焼ビビンバを食べに外へ出る。また、ガイドブックに出ていた店。全州中央会館の別館。そんな時間なので、他にお客さんはひとりだけ。石焼ビビンバと参鶏湯《サムゲタン》スープを注文する。一度飲んでみたかったマッコリがあったので、たのむ。飲みやすくおいしい。

石焼ビビンバが出てきた。混ぜて食べたらおいしかった。みんなでスプーンでつつきあう。サムゲタンも、まあおいしかったけど、カンチは高麗人参を食べて具合が悪くなったと言う。

するとそこに日本人の大学生ぐらいのグループがやってきた。男7〜8人で、中にひとり、通訳らしき日本人女性がいる。かなり元気そう。みんな口数すくなくぐったりしているが、彼女はパワフルにしゃべり続ける。

「今日は、夜までだからね！　さあ、ここで食べといて。これから、舟に乗って、あそこ行って、ここ行って……」なんたらかんたら、スケジュールを言ってるが、学生たちは辟易《へきえき》している様子。

ちょうど目の前だったので、私はその様子をじっと見る。ああ〜、彼らは、こんなふうに連れまわされる観光じゃなくて、ただ街をぶらぶらしたいだろうなあ〜。

それからホテルの部屋に帰ったが、子どもたちは暴れて、飛び跳ねてる。サムゲタンは滋養効果が高いそうだが、それが効いたのか。

夕方、デパートに買い物に行こうと誘ったが、だれも行きたがらないのでひとりで行く。韓国の平べったいスプーン、スッカラッを買いたくて。あのスプーンは、大皿のおかずを取り分けるのに便利だから。平べったいので、タレがよくすくえる。スプーンは箸とセットになっていた。箸はいらないんだけどなと思いながら、いろんなデザインのを4組買う。

それから地下を通って帰ろうとしたら、さまざまなおいしそうな食べ物を売っているフードコートみたいになっていて、いろんなものがあった。

部屋にもどり、そのフードコートで食べようよと、みんなを連れてくる。けど、買い方もわからないので、食料品売り場のお持ち帰りの惣菜を買って、部屋で食べることにした。シュウマイとかサンドイッチ、サラダなどを買う。カンチが、これ食べたいと言うので、伊勢えびのグリルを2個買ったら、それだけ異様に高かった。買わなくてもよかった……。

部屋のテーブルに買ってきたものをひろげて、気ままに食べる。

それからケンカしたりして、11時ごろ就寝。

8月20日（日）

今日は帰る日。

6時半に起きて、7時に出発。

空港で、ぎょうざとスープを食べる。そのスープ、みそ汁みたいなものだったが、タニシみたいな小さな黒い巻貝がたくさん入っていて、ちょっと気持ち悪かった……。

空港のショップで、キムチと冷麺とサムゲタンを買う。

感想。なんというか、子どもと一緒だと、自分のことはできない。あんまりよくわからなかった。もし行くなら、次は、友だちと行きたい。そして韓国料理とかサウナとかいろいろ体験してみたい。家に帰って仕事部屋に雑貨屋で買ったシェードをぶらさげた。電灯はつけずにそのまま飾りとして。それを見るたびに気持ちがよくなる。

案外おいしかった

韓国行きの機内食

左下には遊園地

ロッテホテルからの景色

目の前にビル群

室内

レストランへ

部屋のバラの絵

いろいろあります
これから食べます
1098
PANIC BOY
豪華っぽいけど
味はあんまり……
ぺとっ
チョコも
デザート

ロッテワールドのスケートリンク

私の選んだデザート

私はこれだけ

さくとふたりの朝食

韓国ドラマ「天国の階段」の絵の前で

さく　目が腫れてます　　カーカ　前髪が……

乗り物にのってるところ

メリーゴーランド　遠くにさくも

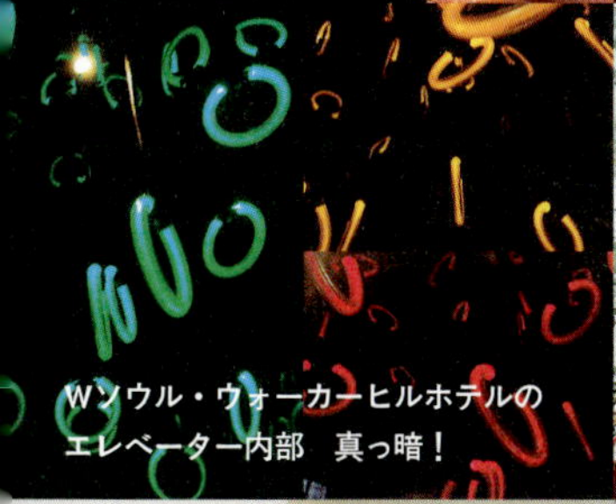
Wソウル・ウォーカーヒルホテルの
エレベーター内部　真っ暗！

うすぐらいロッテワールドの室内遊園地

部屋の備品も赤と白に統一

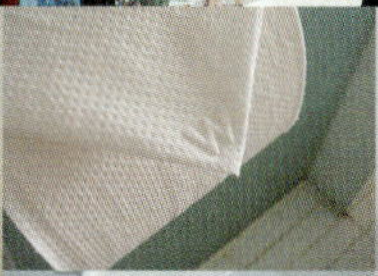

金魚模様の大きなコップはかわいかった

お茶

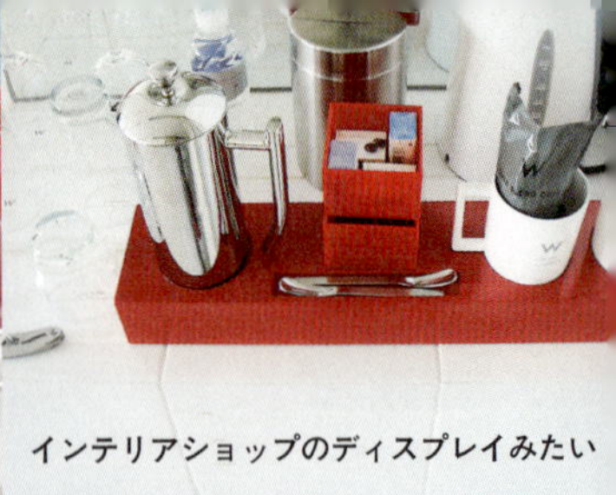

インテリアショップのディスプレイみたい

バスタブ

とにかく赤と白

赤くて、落ち着けない……

夜は、こんな

ロビー

すわれない丸い椅子
だれもすわってなかった

無理にぐっ

緑色のコーナー

フンコロガシの……

ピザなどおいしく

また丸

くるくる動く入り口のライト

レストランの一角

丸と

トイレです

天井を見上げると　ガラスの玉

不思議な色のケーキ台　緑や青に変化

モザイクタイル

男子トイレ

女子トイレ

エレベーターホール

トイレ内部　落ち着かない

ソファ

フルーツバー

隣のシェラトンホテルのシャンデリア

廊下

ドラマ「ホテリアー」の舞台です

外の照明　色が変化する
ほとんどの照明が変化していた

車寄せを走る

チェックアウトを待つところ

顔に見えた　唇がチャーミング

ブルゴギと野採、と書いてある

辛いチゲなべ

古風な店内

お茶は甘すぎた

そしてものすごく暗い

小鳥が飛ぶというお茶屋

ウェスティンホテルのロビーにあった絵　私は好きだった

部屋に入ってホッ

バクスイ

親子記念写真

洗面所

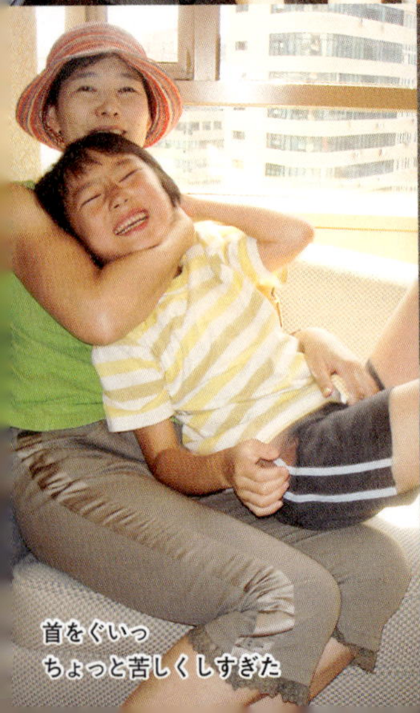

首をぐいっ
ちょっと苦しくしすぎた

こちょこちょこちょ

プルコギ

あ、このカンチの服が、捨ててくる服

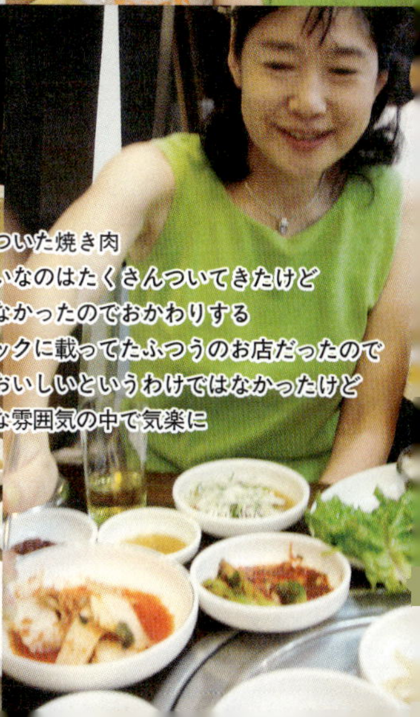

甘い味のついた焼き肉
漬物みたいなのはたくさんついてきたけど
お肉は少なかったのでおかわりする
ガイドブックに載ってたふつうのお店だったので
それほどおいしいというわけではなかったけど
にぎやかな雰囲気の中で気楽に

明るくてにぎやか

食後
夜の街を見ながら帰る

やっぱさ〜

それでね〜

部屋の洗面所
コンパクトで合理的

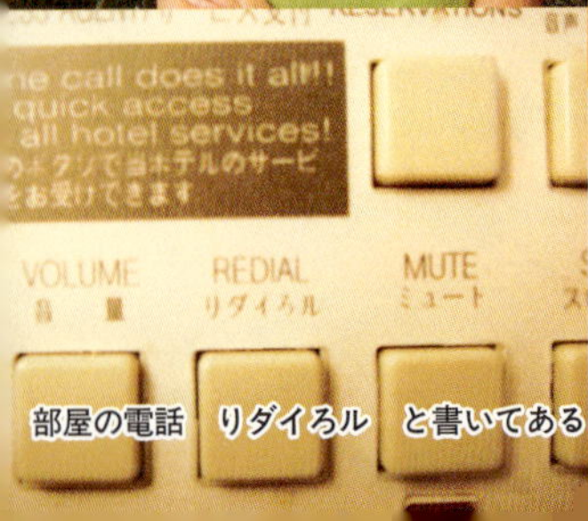

部屋の電話　リダイろル　と書いてある

買ってきた靴下

部屋で楽しく

カンチ、足をぶつけた　かなり痛そう

日本のガイドブックに載ってるので
日本人が多い
みんなあれを見て来たのかな

朝食　おかゆ

好きだったろうそく

デパートの前

パンを食べて休憩

市場　疲れた

買ってきた韓国のお菓子　おいしかった

ハハハ

なに？

もう、カメラ
かえして！

ピース？

サムゲタン

石焼ビビンバ

マッコリ

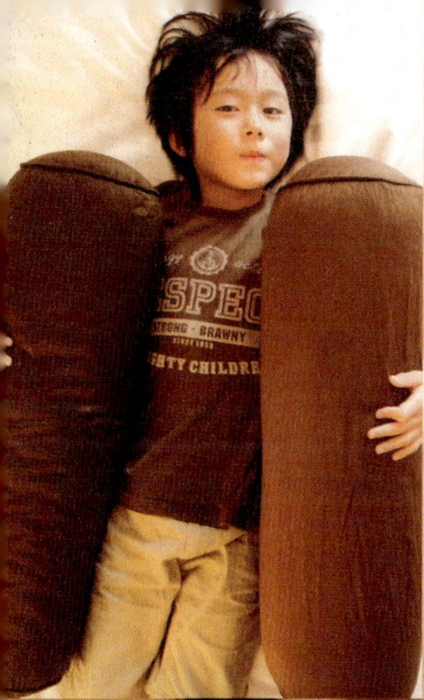

BRAWNY

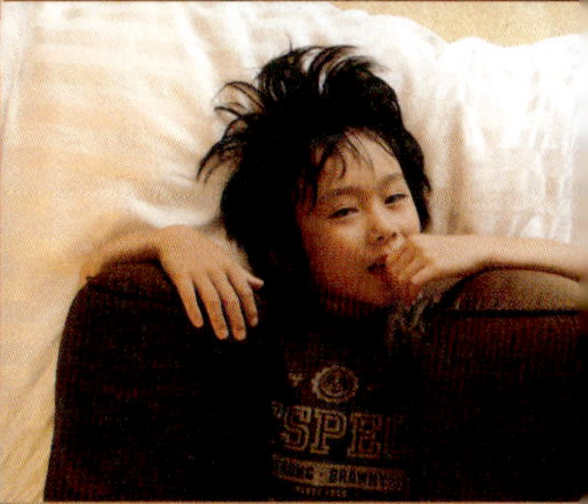

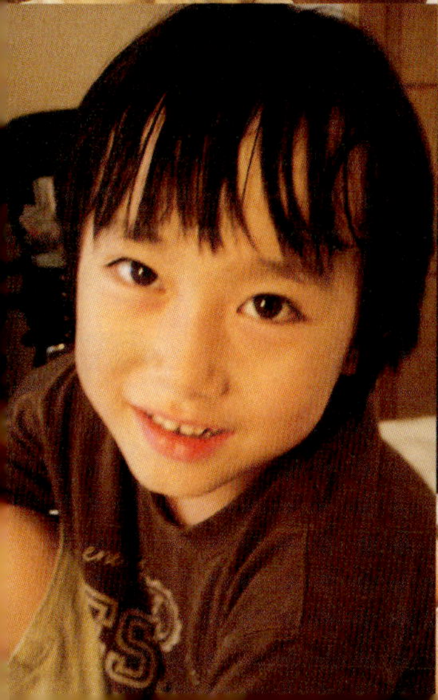

スッカラッ

デパートで買ってきたもので夕食

帰る日の朝

닫아 주시기 바랍니다.
害蟲が 入れるおそれが
あいますので 窓を 閉ぬて ください
窓を閉ぬてください　と書いてある

雑貨屋で買ったシェード　部屋にさげた

空港のぎょうざ　おいしい

「金沢旅行」　２００７年　７月31日〜８月５日

7月31日から、以前より計画していた金沢旅行へ。
前半は、子どもたちは私の弟のてるくんと2泊3日のキャンプ、私はてるくんの奥さんのなごさんとなごさんのお母さんの清美さんと3人で「女3人ゆったり温泉リラックスコース」ということで、どこか行きたい温泉を探しておいてとなごさんにお願いしておいたのだが、その返事がきた。
『おひさしぶりです。なごです。夏休み、たのしみ＼(^o^)／です。
さっそく、宿なんですが、
やはり夏休みですね、なかなか空いてなくて、以下をとりあえず押さえました。
女3人の8月2日一泊、ずっと行ってみたくて狙っていた奥能登にある「よしが浦ランプの宿」。
7月1日にリニューアルし、新設されたばかりの露天風呂付き離れが、8月はこの日だけ空いてました。

辺境の地でさすがっの一人4万円！（@＿@；）……いかがでしょう？
もしよろしければ、9日までに手付けを入金します。
家族みんなで8月3日一泊。氷見《ひみ》の「公共の宿、磯はなび」。
ランプの宿をチェックアウト後、途中で、てるさん＆子供達と合流し一緒に宿泊。
翌日、近くに海水浴場があるので海水浴＆ＢＢＱ。夏休みらしく海で遊ぶ。
または、母方の元気なおじさんが、友人の釣り船を出してくれるかもしれないので
船釣り＆ＢＢＱになるかもしれません。宿泊の予定は以上です。

2日のランプの宿は、金沢から車で3時間くらいかかります。
前日か、それより前から金沢入りしてもらうのがいいかと思います。
また、母が食事に招待したいそうで、
8月1日や4日の夜などに、ひがしの茶屋街で食事＆お酒などいかがでしょ♪
女3人か、または母が子供達を預かって、てるさんと3人もありだそうです。
何かリクエストがあれば教えてくださ〜い。では（＾．＾）』

さっそくなごさんに電話して、ランプの宿をとってもらうことにした。そして、行

きが31日、帰りが8月5日ということで飛行機も予約した。
なごさんへ、
『飛行機のチケットとりました。
てるくんから、キャンプの計画ききました。
1日から2泊3日ということで、子どもたちも、楽しめそうですね。
うれしいです。私たちも、ゆっくりしましょう。
でもランプの宿まで、車で3時間……、運転だれがするの？
3人で交代で行きましょうか。
途中で観光しながら、のんびり行こうね。
私は、31、1日と、4日はホテル日航をとりました。
そこで寝るだけでいいので、あとの予定はおまかせします。
もしどこか行きたいところなどあったら、そちらで決めていただいていいですよ。
もしくは、着いてからいろいろと聞いて、近くを観光してもいいし、
あるいはぐだぐだしててもいいし。とにかく、楽しみにしています。』

子どもたちは清美さんのところに泊めてもらうことになっている。

『夏休み、飛行機、了解しました！！！
小松に迎えに行きます。どきどきします♪
ランプの宿までは、基本的に私が運転しまーす。もし、疲れたら交代お願いします(笑)。
私が子供たちもみんなで行きたいと思っているのが、
北陸が発祥の地といわれている回転ずし
昆虫館（2階まで吹き抜けになっている温室に蝶が放してある）
21世紀美術館（私もまだ行ったことがないけど、子供も楽しいという噂）です。
てるさんの考えもあるようなので、相談しなければならないのですが……
4日は、釣り船、確保しました。大物狙いましょう！
ランプの宿から案内が送られてきたので、一部FAXしたいです。FAX番号教えてください。
なご＜(＿＿)＞』

『さくは、回転寿司に行きたいと言ってました。
昆虫館には興味なし（今、家にかぶとむしがいっぱいいるし、ちょうちょも庭にたくさんいるので）。
私が連れて行きたいのは、「忍者寺」！』

2007年7月31日　金沢へ
鹿児島空港から羽田へ。
カーカ（カンチのこと）もさくもぐっすりと寝ていた。
夏休みで子ども連れが多い。羽田でトイレに入った時のこと。となりの個室から。
「あけるなっていってんだろー！　バカヤロウ！」と怒鳴り声が。
若いお母さんらしい。察するに、お母さんがトイレ中に、子どもが内側からドアの鍵を開けようとしていたのだろう。子どもはドアの鍵とか開けたいもんね。お母さんの必死の叫び、わかる。
トイレの通路に出たら今度は、別の女の子がなにかの理由でトイレに入りたがらないようで、お母さんが怒鳴っていた。

「早く入れよ！　もらしてもしらないよ！　もらすよ！　いいの！」

女の子は、流れがどうとか言ってて、つまりトイレの流すことに関係する何かが嫌でそのトイレに入りたくないようだ。

大変だな。小さい子どもを連れての移動は大変。心中、お察しします。

乗り換えて小松空港へ。

するとあっというまに小松空港に到着。昼の12時。

私の弟てるくんとなごさん、さくより1つ下で小2のたいくんが迎えにきてくれた。たいくんはすごく楽しみにしていてくれたようで、車の中で興奮気味。たいくんとカーカは、似ている。おふざけ派だ。さくはそれに比べたら冷静。でもふたりともコロコロコミックのマンガが好きなところは一緒。

金沢へ向かう高速のパーキングにおりたら、そこは海沿いで海遊びができた。子どもたちとてるくんはさっそく海に走って行った。カーカはジーパンをまくりあげて海に入っている。たいくんはびしょぬれ。川から野菜が流れてくるらしく、野菜を見つけてはカーカがこっちに投げてくる。にんじん、なす、きゅうり、玉ねぎ、おくら……。玉ねぎは使えるんじゃないか？　と思いながら、見つめる。

忍者寺へ。2時から見学の予約してもらった「妙立寺」。昔一回来て、なんかおもしろかった印象があるので、子どもたちもおもしろいかもと。

かなり人が多い。40人ぐらいいる。入る時に帽子、サングラスをとらされる。全員すわらされて拝観の心得を聞かされる。撮影禁止。子どもの手はひいて。携帯は切る。など、ものすごくきびしくて、その時点でちょっと後悔のような思いがかすめる。

忍者寺と呼ばれてますが、当寺、忍者とは何の関係もございません！　とやけに強調していた。でもパンフレットには、人呼んで忍者寺、なんてちゃっかり書いてある。

4つのグループに分けて、案内するという。名前を呼ばれるので、呼ばれたらそこに集まらなければならない。きびしい。

さて、私たちのグループ約10名は、まずお賽銭《さいせん》箱の落とし穴から見学。若いおねえさんが説明をしてくださり、子どもたちも熱心に聞いている。隠し階段や落とし穴階段、迷路のような複雑な構造の中に、小さな部屋が23、階段が29もあるという。随所にいろいろな工夫がこらされているが、感心するというよりも、こまこましてて、肝っ玉が小さいんじゃないか？　と苦笑する。でもおもしろかった。静かに説明を聞きながら、ぼーっとあとをついてまわるって、なんか楽しい。みんなもおもしろかったって。最後に説明のおねえさんにお礼の拍手をするのも楽しかった。私も一生懸命にたたく。帰りにキーホルダーやお守りを買う。

金沢の家々の黒い瓦がつるつる光ってるのでどうしてって聞いたら、雪をすべりやすくするためだって。

それから別れて、私はひとり金沢駅前のホテル日航へ。子どもたちはてるくんたちのところにお世話になる。

しばらく休んでから、駅ビルの中にあるお土産物街、百番街へ行ってみる。お菓子や土産物がいろいろあって楽しい。九谷焼の豆皿をすこし買う。安いやつ。気になるバラ模様のコーヒーカップがあったけど、しばらく迷ってやめる。

新しいサンダルが痛くて、ホテルの女性従業員にバンドエイドを売っている場所を聞いたら、こちらで用意できますよと言われ、でも2～3日分欲しいから、たくさん必要なので結構ですと言ったら、たくさんでもいいですよと、16枚もくださった。しかも、エレベーターに向かって歩いていたら、消毒するスプレーを持って走ってきてくれて、お使いになりますか？　と聞かれる。大丈夫ですと答えたけど、その親切な対応に感動する。

夕食は待ち合わせて、北陸が発祥の地といわれている回転寿司へ。さすがにネタも新鮮で安く、子どもたち、爆食。具だくさんの汁物が170円とかで、カーカがびっくりしていた。うになんて何個も食べている。白えびなど、いろいろとおいしかった。穴子も好き。穴子って、一匹長々とのっかってくるところがあるけど、ここもそうだった。でも私は小さく切ってある方が好き。おなかいっぱい食べる。「どじょうのかば焼き」というのがあって、カーカがおいしそうに食べていた。

8月1日

子どもたちはてるくんと河原に遊びに行ったそうだ。

私はなごさんと金沢21世紀美術館へ行ってきた。丸い形の新しい美術館。

周りに朝顔のつるがまきついて、花が咲いていていた。葉っぱの緑が、外からも中からもきれい。

受付に行ったけど、その日の展示は有料のものが2つあって、どちらもそう心惹かれなかったが、どういう買い方をしたらいいのかわからなかったので、そのうちのましな方の入場券を購入。さささっと見てまわる。目当ては、常設のスイミング・プールとブルー・プラネット・スカイ、緑の橋だ。どこにあるのだろう。スイミング・プールはわかったけど、下に行く入り口がわからない。やっとわかった。どうやら、私が見たかったものはどれも、無料で観賞できる作品だったようだ。なにも有料のなんとかっていうのを見なくてもよかったな……と思いながら無料の展示を探して歩く。

空と天井が同一面にあるように見えるというブルー・プラネット・スカイの部屋を見つけた。空が白っぽく、ガイドブックで見たような真っ青な空じゃなかった。そして、見ている人たちがおたくっぽい学生たちや物静かな女性、おじさんなどで、それがおもしろかった。金沢の気候に適した約70種類の植物が埋めこまれているという緑の橋の〈緑の壁〉は、植物がわさわさと生い茂っていた。いちばん見たかったスイミング・プール。上から見ると、水中に人がいるように見えて、下から見ると上の人が水越しにゆらゆらみえる。水があるのはガラスの上の10センチだけらしいが、その効果はものすごく、おもしろかった。「雑草」という作品があるという場所をいくら探してもなかったので、受付の人にたずねたら、こちらへおいでくださいと言われ、ついていくと、ガラスの壁の下、椅子の後ろに小さな小さな植物が。2〜3センチ？　木で作られているそうだ。これは、言われないとわからなかった。

けっこうおもしろかったね、と言いながらお昼を食べに移動する。私がガイドブックで見つけた、甘えびカレー。古い民家を改装した店に12時すぎに行くと、お昼を食べに来た近所のサラリーマンでいっぱいだった。女はいない。なんか、変わってる……と思いながら、あいていた席に着き、甘えびカレーを注文する。周りのサラリーマンたちの多くは、日替わり弁当を食べている。あだっぽい粋《いき》なおばあさんが威勢よく、がっちゃんがっちゃんと大きな音をたててコップ類を置いている。甘えびカレーが出てきた。二度揚げしたというカラカラのえびが3匹上に乗っかってる。なかなか、おつな味だった。

それから歩いて、近くの感じのいい喫茶店「コラボン」へ。履物屋さんを改装したというギャラリー喫茶。自家製ジンジャーソーダとコーヒーを注文して、長居した。商店街の通りにあって、のんびりとしてて、この街だからこういう雰囲気が保てるのかもなあと、ぼんやり思った。いぬがいて、お気に入りの場所があるらしく、ずっとあるひとつの椅子の上にまるくなって寝ていた。あとからは、動きまわったり、こっちにも来て、すごく何度も、私たちを見上げていた。ゆったりとした気持ちのいい時間を持てた。外を人が通っていくのを見たり。

夕方、待ち合わせて、ひがし茶屋街の蛍屋で夕食。お茶屋さんを改装した、和風の小ぢんまりとした落ち着いたお部屋。お刺身などの盛り付けも小さく上品で、食べやすかったが、コースの後半に出てきた金沢の郷土料理治部煮が出てきたころには、おなかいっぱいで食べられないほどだった。食後にすこし川のほとりを歩いて帰る。綺麗な街。

8月2日
今日から大人チームと子どもチームに分かれて行動。私となごさんと清美さんの3人は、能登半島先端にあるランプの宿へ。てるくんと子どもたちは桂湖というダム湖のほとりでキャンプ。

あした合流して、雨晴海岸に一泊だ。
まず、車で高速に乗る。砂浜を車で走れるという千里浜なぎさドライブウェイに行きたいと言ったら、通り道なので行く予定だったと言う。そこで、私が今朝の新聞で見つけた記事を取り出して見せた。その千里浜インターチェンジの近くにオニユリの群生地があり、見ごろだという記事。オニユリは以前から点在していたが、群生が目立ち始めたのは3、4年前から。あまりの見事さに町会長は今年有志に呼びかけて遊歩道1キロを除草し、入り口に看板も立てたという。
そこにも行こうということになる。
なぎさドライブウェイ。砂浜を車で走れるのは、日本ではここだけという。砂のつぶが小さいので硬く締まっているかららしい。なごさんが運転してそこを走ったけど、どうも私はピンとこない。あとで思ったが、私も運転すればよかった。そうすれば感じもわかっただろう。あとで考えて、しまった！　と思う。なごさんも、そう思ったそうだ。
それからオニユリの群生地へ。ボランティアの方なのか、入り口の椅子に看板を持ってすわってらっしゃる。

日傘をさして細い道を進む。すごい暑さだ。10分以上歩いただろうか。へとへとになる。見ると、確かにオレンジ色のオニユリの群生だ。記念写真を撮る。写真好きのカメラが趣味みたいなおじさんの姿が多い。またとことこ歩いて車に戻る。暑かった。ゆであがった。が、行ってみてよかった。

そこから一気に高速で能登半島先端のよしが浦温泉をめざす。途中、穴水で降りてお昼を食べる。そば屋で私は山かけそば。それからまたどんどん進み、途中で一回、道に迷って、その時に小さなかわいい海水浴場を通った。こういうところで遊びたいなという静かなところだった。でもそこで道をきいたおじさんたちがヒマだったのかなかなか話が終わらずに、数分間つかまっていた清美さん。

3時ごろ、ランプの宿に到着。駐車場から下の入り江を見下ろすと黒い屋根瓦の宿が見えた。昔は舟でしか行けなかったのだそう。荷物を持って急な坂を歩いて降りる。あとで聞いたら、駐車場まで迎えに来てもらえるそうだ。でも車は坂を下るのに、2回も前進後退を繰り返すスイッチバック方式。一気には下れない。入り江をとりかこむように建物があって、印象的なのは海沿いの青いプール。部屋は露天風呂付きの離れで、2階にも部屋がある。私は2階に陣取る。
まず小さな外湯に入る。海によくいるしゃこみたいなげじげじみたいな足がたくさんあるなんとかという虫がいますのでと注意されていたが、いた。しかも10センチぐらいもある。でっかさに驚く。目の前の岩場でビニールボートに乗って遊ぶ家族がいて、すごく楽しそうだった。

夕食は食事用の小部屋で。たくさんのお刺身、あわびもさざえもえびも新鮮ですごくおいしかった。ゆっくりのんびりとお酒をいただきながら堪能する。もうおなかいっぱいで食べられない。のこったごはんをおにぎりにしてくださいと頼む。なんとかというおいしいお塩が売ってあって、そのお塩でおいしい塩むすびを作ってもらえるかもと、期待する。部屋に帰っていたら、おにぎりを3個もってきてくれた。見ると、大きさもむすび方もまちまちでどうも変。慣れない人が握ったような感じだ。清美さんがひとつ食べた。すると、「ま、まずい！　塩がついてない！」と。ええっ？　と思いみんなで近づいて見る。私もすこしだけ食べてみた。う～ん。ほんのほんのすこしだけついてるような気がするが、ほとんど味がない……。そこで、3人で考えた。いったいこれはどういうことだろう……。考えた結論は、このおむすびは、板さんが握ったのではなく、板さんはもう帰ったかどうかして、その慣れない従業員の女の子がみようみまねで作った。おにぎりなんて作ったことがないから、塩のかげんもわからず、握り方もわからなかったので、大きさもまちまちで今にもくずれそうな形になってしまった。う～ん……。と、3人で静かに思いにふける夜だった。

外のプールがライトアップされて綺麗。寝る前に貸切露天風呂に行ってみる。そこからの岩場も綺麗だった。このランプの宿は有名だけど、離れなど真新しく、情緒があるかというと意外とそうでもなかった。遠いっていうことで、イメージ先行か。若い人向けな感じ……？　カップル？　秘湯ムードで評判なわりには、設備はところどころ現代風で、不便なさいはて感を守りたいのか、快適なリゾートをめざすのか、方向性がよくわからなかった。

8月3日

今日は観光をしながらまわり、次の宿泊地氷見で子どもたちと合流する予定。

まず禄剛埼灯台へ向かう。日本で唯一菊の御紋章がある灯台という看板が立っていた。なにかの説明の石碑の一部が消してあり、イギリス人に替えられていた。なに人と間違ったのだろう。石なので、書き直すわけにもいかず、そこだけ四角くくりぬいて入れ替えてあった。大変だったろう。間違いに気づいた人。原稿を書いた人。あっちゃ〜という衝撃。どうしようかという話し合い。修正した石工さんのことなどをぼんやり考える。

灯台までの道がけっこう遠く、坂道を駐車場まで散歩気分で帰る。立ち枯れたあじさいがきれいだった。駐車場には無人の市場があり、きれいな色のお餅のおかきなど、見る。トイレの花がきれいだった。百合のいい匂い。トイレもこんなふうにするといいなと思う。

珠洲《すず》の泉谷で「いも菓子」を買ってから、見附島へ。それは顔のような島だった。外人のような顔。髪の毛が生えてて、色白。「えんむすびーち」と書かれた鐘もあった。能登空港のレストランでお昼を食べる。白えびのかきあげうどん。ひこうき形かまぼこ入り。ここの売店でいろいろ能登の海産物、珍味類をたくさん買って宅配で送る。

途中、能登島に寄る。ガラス美術館がいいと清美さんが言うので、けっこう遠かったけどやっとの思いで行ったら、そうでもなく、みんな肩すかしな感じだった。ぼんやりしたまま口数少なく、今日の目的地氷見のホテルへと向かう。途中またまた道がわからず、迷いながら通りかかったパン屋でおいしそうなパンをたくさん買い込む。そういうアップダウンが、振り返るとけっこう楽しい。

やっと着いて、子どもたちと合流。キャンプはおもしろかったそう。台風の影響ですごい風だったそうだが。カーカが40センチほどもある虹鱒《にじます》を釣ったそうで、みんな興奮したって。特にてるくん。あまりの興奮で写真を撮るのを忘れて、気づいたときは、ウロコを落として内臓を出して焼くだけの状態で、釣りたてのあの美しさはなかったそう。でもその状態で数枚、携帯で撮ったという写真を見せてもらう。確かに大きい。塩焼き&ムニエルにして、おいしかったとか。
みんな集まったのでにぎやか。夕食は生きたあわびの陶板焼きが出たり、なんだか豪華。民宿みたいなところと聞いていたけど、すごくきれいで感じのいいホテルだった。
ご飯も一人用のお釜での炊き込みご飯。熱くなってるかどうかを確認しようとしたてるくんが親指の腹をお釜のふちにじゅっとつけて火傷《やけど》をするという負傷もあり、にぎやかに夜は過ぎていった。

酔っていた。
熱いかどうか
さわってみた。
このあと、気の毒な
ことに。

8月4日

台風の影響で釣り船が出ないので、金沢に帰る。てるくんと子どもたちの車が前、私たちが後ろで出発。高速に乗らずに下の道を進み、すごく渋滞してたので、「てるくん、どうして高速で行かなかったんだろう?」となごさんとぶつぶつ文句言ってたら、どうも後部座席の清美さんが大人《おとな》しい。すると、さんざん私たちが文句言ったあと、しばらくして、「私がてるさんに下の道でもそんなに変わらないよって言ったから……てるさんに謝らないと……」と清美さんがつぶやいたので、急に私たち押し黙る。キャア! お母さん、すみません〜、そうだったら文句言うんじゃなかった。

……というのもおもしろかった。

金沢では、子どもたちは映画コナンを観にいった。私は駅の百番街で買い物。おいしそうな名物がいっぱい。試食するとどれもおいしく感じられて、迷う。気になっていた九谷焼のコーヒーカップを迷った末、買う。きれいな青い色と落書きのようなバラの花が気に入って。越前和紙でできた大きなピンクのバラの花が描かれた封筒セットも買う。気に入ったので、そこにあった同じ絵柄の封筒とカードも買う。ひとつひとつ色味が微妙に違うところがいいと思った。金のうんこハンコとうんこキーホルダーがあって、子どもたちに買っていこうかと考えたけどやめた。そのことを話したら、買ってきて欲しかったと言う。
夕食は、ガイドブックに載っていたオムライスを食べに、ひとりでホテルの近くの喫茶店へ。おいしそう〜。
が、薄暗い店の中は人影まばらで、このふたりはどういう関係だろうと思わせる中年のカップルと、親子連れの2組のみ。オムライスはたいしておいしくもなかった。まずいものを食べてしまったという気持ち。ここは巨大なフルーツパフェが名物らしい。10人分はありそう。そういうところだった。
夜遅く、最後の夜なので大人だけでちょっと飲みに行く。ひがし茶屋街にある茶屋を利用したバー。ひと昔前の和風の造りだ。2階の座敷に通されたが、そこは……、こういう古い和風のところが珍しい人にとってはおもしろいかもしれないけど、まるで田舎の実家とか、昭和初期の4畳半みたいな薄暗い雰囲気にテンションも下がり気味。なごさんが、「壁の色が絶対悪い（灰色とか茶色だった）。お茶屋さんなんだから、あでやかな朱色とかがいいのに」と言うので同意する。とにかく薄暗さと、部屋のわびしい感じにトークも沈みがち。薄暗くても暗い中でところどころがほんのり明るい

とかなら雰囲気もあるけど、全体的に均一な、なんだか物の見え方が悪いような薄暗さって、もっとも気分が盛り下がるね。でも、まあこれもひとつのおもしろい経験というわけで、よかったです。

8月5日 

帰る日。空港までてるくんとたいくんが送ってくれた。いろんな種類のお寿司を買った。うんこハンコとキーホルダーもあったので子どもに買ってあげる（こないだコロンとそれらが忘れられてころがってた……。結局、おもしろがるのも最初だけ）。

感想。金沢の美術館、寺、お店めぐり、能登半島ドライブ、温泉宿、どれもおもしろかったです。また行きたい、行ってないところに。

さっそく海だ

金沢へ　ゴー！

きれい……

忍者寺

なにかある

しみじみとした見本

忍者寺の前の店　左にさくたち

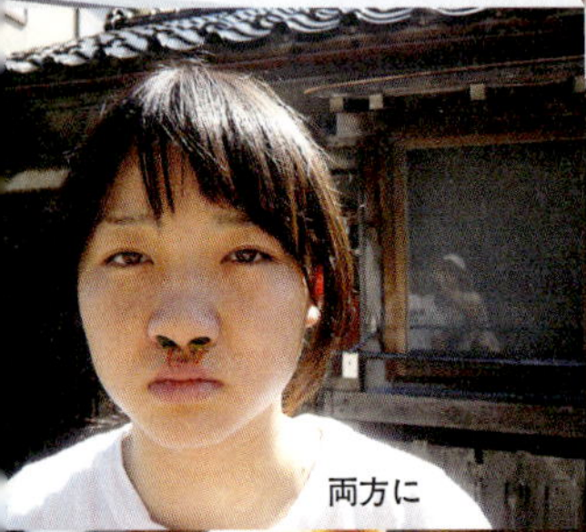
両方に

落ちていた木の実を鼻の穴に

170円！

回る寿司

わあっ

どじょうのかば焼き

金沢21世紀美術館

ホテルの朝食

内側からもきれい

朝顔

上から見たところ

「スイミング・プール」

下から見上げたところ

地下の廊下

水の中にいるみたい

金沢の植物が植えられてる

小さな小さな「雑草」

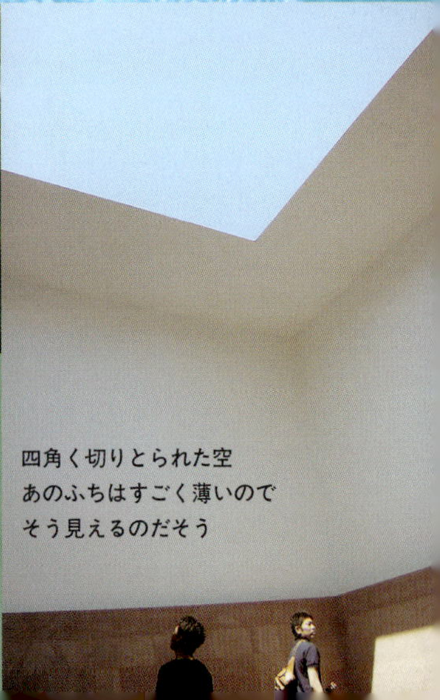

四角く切りとられた空
あのふちはすごく薄いので
そう見えるのだそう

店内

カレーを食べに

ハンカチ　自由に使って下さい

ゆりがいい匂い

喫茶「コラボン」

甘エビカレー　ぱりぱり

お菓子付き

犬がうろうろ

こんにちは

お茶屋さん

きれいなトタンのサビ

ガラスの床

風情ある暗さ

朝、瓦屋根が光っていた　きれい

なぎさドライブウェイ、車で走れる

最近発見されたオニユリの群生

感じのいい小さな海水浴場

山かけそば

ランプの宿

ボート遊び　楽しそうだった

お造り

プール

貸し切り露天風呂

青があざやかなプール

まだ新しい廊下

灯り

2階　私の布団

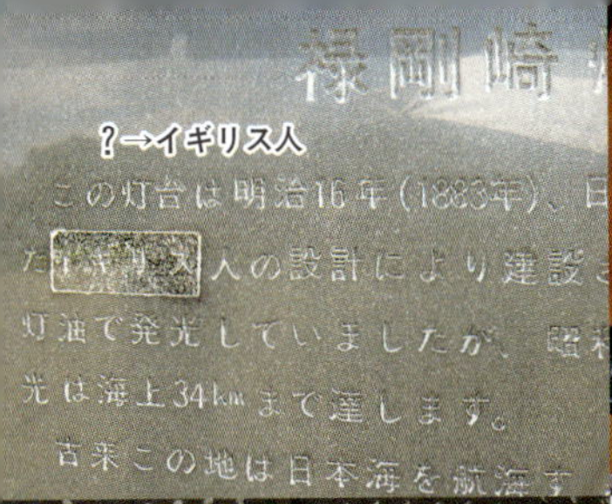
禄剛崎
この灯台は明治16年(1883年)、日
人の設計により建設さ
灯油で発光していましたが、昭和
光は海上34kmまで達します。
古来この地は日本海を航海す
?→イギリス人

朝食

菊の御紋章

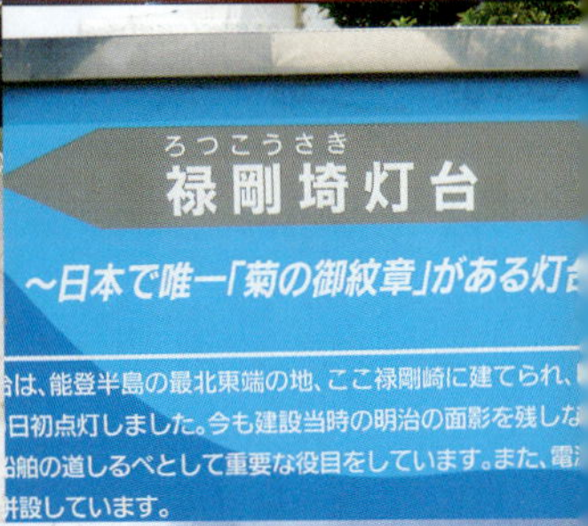
禄剛埼《ろっこうさき》灯台
～日本で唯一「菊の御紋章」がある灯台
台は、能登半島の最北東端の地、ここ禄剛崎に建てられ、
日初点灯しました。今も建設当時の明治の面影を残しな
船舶の道しるべとして重要な役目をしています。また、電
併設しています。

こちらでーす、灯台

駐車場へ下る小道からの景色

あじさいの枯れたところもきれい

トイレの花がきれいだった

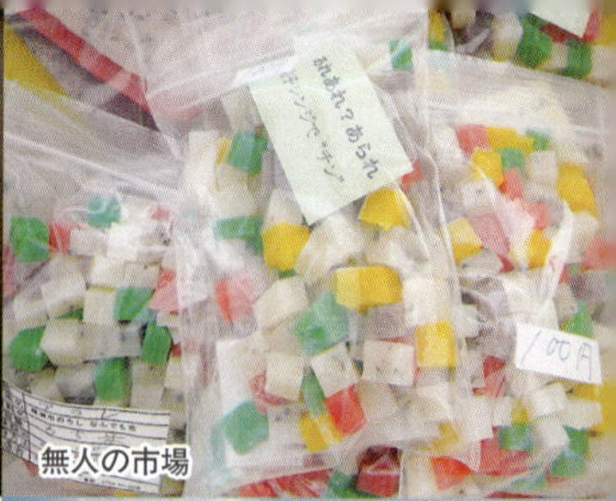
無人の市場

見附島　顔みたい　色白の

「えんむすびーち」の鐘

あわびの陶板焼き

白えびのかきあげうどん

焼けた

みんないっせいに

オムライス

抱えて食べるカーカ

大好きなぶどう柄

かわいい豆皿……

バラのコーヒーカップ
青い色がきれい　プールの色みたい

バラのレターセット

家《か》族《ぞく》旅《りょ》行《こう》あっちこっち

銀《ぎん》色《いろ》夏《なつ》生《を》

平成21年2月10日　初版発行

発行者――見城徹

発行所――株式会社幻冬舎

〒151-0051東京都渋谷区千駄ヶ谷4-9-7

電話　03(5411)6222(営業)

03(5411)6211(編集)

振替00120-8-767643

印刷・製本―大日本印刷株式会社

装丁者――高橋雅之

万一、落丁乱丁のある場合は送料小社負担で
お取替致します。小社宛にお送り下さい。

定価はカバーに表示してあります。

幻冬舎文庫

ISBN978-4-344-41253-8　C0195　き-3-9